CONTOS PARA A HORA DE DORMIR

Dados Internacionais de Catalogação na Publicação (CIP)
(Câmara Brasileira do Livro, SP, Brasil)

Contos para a hora de dormir / Susaeta Ediciones ;
[ilustração Pilar Campos ; tradução Equipe
Girassol Brasil]. -- 1. ed. -- Barueri, SP :
Girassol Brasil, 2018.

Título original: Cuentos para ir a dormir.
ISBN 978-85-394-2378-1

1. Contos - Literatura infantojuvenil I. Susaeta
Ediciones II. Campos, Pilar. III. Série.

18-16521   CDD-028.5

Índices para catálogo sistemático:

1. Contos : Literatura infantil 028.5
2. Contos : Literatura infantojuvenil 028.5

Maria Alice Ferreira - Bibliotecária - CRB-8/7964

© SUSAETA EDICIONES, S.A.

Publicado no Brasil por
Girassol Brasil Edições Eireli
Al. Madeira, 162 – 17º andar – Sala 1702
Alphaville – Barueri – SP – 06454-010
leitor@girassolbrasil.com.br
www.girassolbrasil.com.br

Diretora editorial: Karine Gonçalves Pansa
Coordenadora editorial: Carolina Cespedes
Assistente editorial: Talita Wakasugui
Ilustrações: Pilar Campos
Design da capa: Natalia Rodríguez
Tradução: Fernanda Sucupira, Maria Luisa de Abreu Lima e Paz,
Mônica Krausz, Marcía Lígia Guidin, Michelle Neris e Talita Wakasugui
Diagramação: Deborah Takaishi

Impresso na Índia

CONTOS PARA A HORA DE DORMIR

GIRASSOL

SUMÁRIO

Chapeuzinho Vermelho   7

Polegarzinha   17

A galinha
dos ovos de ouro   35

O lobo e os sete cabritinhos   51

A Bela Adormecida   61

O gato de botas   79

O patinho feio   91

Branca de Neve   107

João e Maria   131

Chapeuzinho Vermelho

Era uma vez uma menina encantadora e simpática, muito querida por todos. Um belo dia, sua avó a presenteou com uma capinha com capuz vermelho. A menina gostava tanto dessa capinha que só a tirava para dormir. Por isso, todos passaram a chamá-la de **Chapeuzinho Vermelho.**

■ Contos para a hora de dormir

Numa bela manhã de primavera, a mamãe disse a ela:

- **A vovó está doente.** Quero que você leve este bolo e este pote de mel para ela. Ah! Não se distraia pelo caminho e não fale com estranhos.

- **Mamãe, vou fazer tudo o que me pediu** – respondeu Chapeuzinho, sorrindo.

A vovó morava em uma casinha no bosque, a meia hora do povoado. Chapeuzinho já caminhava há um bom tempo **quando encontrou um lobo.** Como ninguém havia lhe contado que ele era mau, a menina não teve nem um pouco de medo.

- **Bom dia, Chapeuzinho Vermelho!**

- **Bom dia, senhor lobo.**

- **Aonde vai tão cedo?**

- **Vou visitar a minha avozinha.**

- E o que você leva nesta cestinha?

Chapeuzinho Vermelho

— Levo um pote de mel e um bolo que minha mãe fez ontem para a vovó. Ela está doente.
— **E onde mora sua avozinha?** — perguntou o lobo.
— **No meio da floresta.**
Enquanto Chapeuzinho falava pelos cotovelos, o lobo pensava:

"A carne dessa menina deve ser muito macia! Que lanche delicioso!"

Contos para a hora de dormir

O lobo continuou caminhando ao lado da menina e disse a ela:

– Vamos fazer uma brincadeira: quem chegar primeiro à casa da vovozinha ganha. Eu vou pelo caminho que cruza o bosque e você vai por este outro, que sai atrás dos pinheiros.

O lobo se pôs a correr com todas as suas forças. Como era muito esperto, **deixou para Chapeuzinho o caminho mais longo**. Por isso ele não demorou muito a chegar à casa da vovó.

Ele se aproximou da porta e bateu.

– Quem é? – perguntou a vovozinha.

– Sou eu, Chapeuzinho – respondeu o lobo. – Vim visitar a senhora e trouxe um bolo e um pote de mel.

A avó, que estava de cama e ainda por cima era um pouco surda, não percebeu que aquela voz não era da neta e respondeu:

– Entre, minha querida! Empurre a porta e entre!

10

Chapeuzinho Vermelho

O lobo empurrou a porta e em dois passos chegou ao quarto da vovó. **Sem dizer uma palavra, a devorou.** E rapidinho se vestiu com a camisola da velhinha, enfiando-se na cama e cobrindo-se muito bem com os lençóis.

Pouco tempo depois, Chapeuzinho Vermelho chegou. Quando ela bateu à porta, **uma voz forte e desagradável perguntou:**

– Quem é?

A menina achou estranho, mas logo concluiu que a avó estava com aquela voz por causa da gripe. E foi logo respondendo:

– Vovó, sou eu, Chapeuzinho! Trouxe um bolo e um pote de mel para a senhora.

– Empurre a porta e entre!

E assim fez Chapeuzinho. Quando entrou na casa, ela perguntou:

– Vovó, onde coloco o mel e o bolo?

E o lobo respondeu com uma voz forte:

– Deixe em cima da mesa da cozinha e venha cá.

Chapeuzinho obedeceu e logo entrou no quarto da avó. A velhinha estava com um aspecto tão estranho que a menina se assustou muito.

Chapeuzinho Vermelho

— Vovó, que orelhas grandes a senhora tem!
— São para ouvir melhor.
— Vovó, que olhos grandes a senhora tem!
— São para ver melhor.
— Vovó, que mãos grandes a senhora tem!
— São para abraçar você, minha netinha.

Contos para a hora de dormir

- **Vovó que boca grande a senhora tem!**

- **É para engolir você, querida!**

Imediatamente o lobo pulou da cama, abriu aquela bocarra e engoliu Chapeuzinho sem mastigar. Depois, enfiou-se na cama outra vez com intenção de tirar uma soneca para fazer a digestão. Em pouco tempo, seu ronco ecoava por todo o bosque.

Um caçador que passava por ali estranhou o ruído assustador e exclamou:

- **Que coisa esquisita!** Não é possível que aquela velhinha que mora aqui ronque desse jeito. Vou ver se ela precisa de algo.

O caçador entrou na casa e, ao ver que o lobo estava na cama, disse com raiva:

- **Então é você, espertalhão!**

Chapeuzinho Vermelho

Com muito cuidado, abriu a barriga do animal e **tirou Chapeuzinho e a avó de lá** muito felizes. A menina abraçou o caçador e disse:

– Obrigada, muito obrigada por ter nos salvado!

O caçador partiu e, mais tarde, a vovozinha sentou-se com a neta à mesa e saborearam todas aquelas delícias. Chapeuzinho prometeu:

– Nunca mais vou desobedecer à mamãe.

Desde então, todos foram muito felizes.

Polegarzinha

Era uma vez uma mulher que desejava muito ter um filho. Ela pediu conselhos a uma velhinha, que lhe disse:

— Plante este grão de cevada em um vaso e veja como o resultado será maravilhoso.

A mulher obedeceu e, em poucos dias, viu brotar uma flor parecida com uma tulipa.

■ Contos para a hora de dormir

– Que flor linda! – disse a mulher.
Nesse momento, as pétalas se abriram. Lá dentro **havia uma menina muito pequena.**

Tinha o tamanho de um dedo polegar e, por isso, passou a ser chamada de **Polegarzinha.**

A menina parecia contente, não parava de sorrir. A mulher retirou a menina da flor com todo o cuidado do mundo.

Polegarzinha

– Vou ter que mandar fazer móveis sob medida!
– disse a si mesma.

Como Polegarzinha era muito pequenina, a mulher usou uma casca de noz para servir de cama. Forrou com algodão e usou retalhos de tecido para fazer os lençóis.

19

Uma noite, enquanto a menina dormia em sua caminha, um sapo saltou para dentro do quarto. Ao ver Polegarzinha, disse a si mesmo:

- Esta menina seria uma bela esposa para o meu filho!

Carregando a casca de noz consigo, saltou para o jardim e chegou à beira do rio. Ele vivia ali com o filho.

- Croac, croac... - foi tudo o que disse o jovem sapo ao ver a menina na casca de noz.

Polegarzinha

O sapo colocou então a casca de noz em uma folha, e a deixou boiando bem no meio do rio, para que a menina não pudesse escapar.

Quando Polegarzinha acordou e viu onde estava, **começou a chorar.**

Contos para a hora de dormir

Os sapos se foram, deixando a menina sozinha. De repente, apareceu uma borboleta branca que pousou na folha de vitória-régia.

Polegarzinha, que era esperta, aproveitou a ocasião para escapar. Soltou o cinto do vestido que usava e amarrou uma ponta na borboleta e a outra na folha. Dessa forma, foi arrastada pela borboleta e navegou pelo rio, sobre a folha.

Polegarzinha

Então, passou voando por ali **um zangão.** Encantado com a beleza da menina, o zangão a agarrou, **levando-a para uma árvore.** Ele se sentou ao lado de Polegarzinha na maior folha da árvore e, em poucos minutos, chegaram todos os companheiros e companheiras que viviam com o inseto.

■ Contos para a hora de dormir

    Algumas abelhas olhavam para Polegarzinha com desprezo e comentavam:

    - Grande coisa! Você tem duas pernas, mas não tem antenas!

    Outras diziam:

    - Vejam, ela não tem asas! Nem para voar ela serve.

    Após tantos comentários, o zangão achou que seria melhor deixá-la ali sozinha e foi embora.

Polegarzinha

    A menina passou todo o verão e o outono no bosque. Em um dia de muito frio, **Polegarzinha encontrou refúgio na casa de uma ratinha do campo.**

    – **Pode passar o inverno aqui. Vou lhe dar comida enquanto você limpa a casa e me conta histórias** – disse a ratinha.

    Polegarzinha aceitou.

■ Contos para a hora de dormir

Nessa noite, o senhor toupeira apareceu para jantar. Ele era muito amigo da ratinha do campo. A menina contou belas histórias e o senhor toupeira, ao ouvir sua linda voz, apaixonou-se por ela.

Desde aquela noite, o toupeira procurou visitar a vizinha para ver Polegarzinha **e ouvir suas histórias encantadoras.**

Polegarzinha

    A casa do toupeira era maior que a da ratinha e se ligava com a dela por um longo corredor. Polegarzinha sabia disso porque às vezes ia jantar com a ratinha na casa do senhor toupeira.

    Foi nesse corredor que, um dia, **Polegarzinha encontrou uma andorinha moribunda** que mal conseguia respirar. Ela a envolveu em seus braços e a abraçou. A avezinha, que estava quase morrendo de frio, **se reanimou com o calor e o consolo da menina.**

■ Contos para a hora de dormir

E todas as noites daquele inverno gelado Polegarzinha levou comida e cobertas para sua amiga andorinha.

Com tanto carinho e cuidados, a andorinha pouco a pouco foi se recuperando e, à medida que os meses passaram, ela foi se sentindo mais forte. Polegarzinha a animava dizendo que, quando o tempo bom chegasse, ela poderia sair do refúgio e começar a voar. E realmente assim foi.

Ao chegar a primavera, a andorinha estava pronta para ir embora e disse para a Polegarzinha:

– **Venha comigo. Vou levar você a um lugar maravilhoso para que possa ser feliz.**

– **Não posso** – respondeu Polegarzinha. – **Não quero magoar a ratinha e o senhor toupeira.**

Eles são tão bons comigo!

28

Polegarzinha

Um dia, Polegarzinha tomava sol na porta de casa, quando a ratinha se aproximou e lhe disse:

— **Polegarzinha, tenho pensado muito e acho que você devia se casar com o senhor toupeira, que a ama muito.** Faremos um grande casamento.

Polegarzinha sorriu, mas seu coração ficou triste. Ela não queria se casar com o senhor toupeira. Era apenas sua amiga, nada além disso. Ela não estava apaixonada e queria continuar sendo livre.

■ Contos para a hora de dormir

Com a chegada do outono, a ratinha marcou a data do casamento. Polegarzinha, com lágrimas nos olhos, saiu para se despedir do sol. Não voltaria a vê-lo jamais, porque seu futuro marido vivia em uma casa embaixo da terra.

Então, Polegarzinha ouviu um som familiar.

- **Piu, piu, piu, piu!**

Era sua amiga andorinha. Ao ver a menina chorar, perguntou:

- **Qual é o problema, Polegarzinha? Por que você está triste?**

30

Polegarzinha ■

— Estou chorando porque amanhã vou me casar com o senhor toupeira, mas não gosto dele. **Nunca mais vou ver o sol...**

— **Quer vir comigo?** O inverno se aproxima e estou indo para terras mais quentes – propôs a andorinha.

Polegarzinha não pensou duas vezes. Montou sobre a amiga e juntas saíram voando. **Que maravilha ver o mundo lá do alto, do céu!**

Depois de dias e dias de viagem, chegaram a um lugar onde o sol brilhava e o calor era intenso.

Contos para a hora de dormir

A andorinha foi para um pequeno bosque junto a um lago azul, e colocou Polegarzinha sobre uma flor.

Que surpresa! Ao seu lado estava sentado um homenzinho transparente como cristal, com uma coroa de ouro na cabeça. Para Polegarzinha, ele era o ser mais bonito que ela já tinha visto, e ele apaixonou-se por ela à primeira vista também.

– Sou o príncipe das flores – ele disse. **– Quer se casar comigo?**

Polegarzinha

Ao ouvi-lo, Polegarzinha sorriu encantada e, muito contente, aceitou a proposta. Dava para ver que ele havia sido feito para ela.

Imediatamente, das flores surgiram duendes que lhe ofereceram lindas asas brancas.

- Agora vamos chamar você de Maia - disse o príncipe -, **pois você merece o nome mais bonito do mundo.**

A menina sorriu feliz. Finalmente ela tinha encontrado seu lugar no mundo.

A galinha dos ovos de ouro

Era uma vez um camponês muito pobre, que todas as quintas-feiras passava a manhã no mercado. Lá eram vendidas muitas coisas e ele se distraía vendo o movimento.

■ Contos para a hora de dormir

Havia comércio de comida, roupas, potes e, um pouco mais ao longe, o de animais: vacas, porcos, ovelhas, coelhos, perus...

A galinha dos ovos de ouro

Mas, como tinha pouco dinheiro, o camponês não podia comprar quase nada. Numa dessas quintas-feiras, com as poucas moedas que tinha, achou que talvez pudesse comprar ao menos uma galinha. Aproximou-se do vendedor e perguntou o preço.

O vendedor pediu muito dinheiro pelas galinhas maiores, que pareciam boas poedeiras. **Mas, como o dinheiro que o camponês tinha não era suficiente, ele teve que se conformar com uma galinha pequena.**

Ele agarrou a galinha com as mãos e ao mesmo tempo a acariciou com suavidade, pois sabia que isso a acalmaria.

Contos para a hora de dormir

Quando entrou em casa, o camponês mostrou a galinha para a mulher.

– Que linda! – exclamou ela. – Aposto que é boa poedeira. Leve-a para o galinheiro e dê a ela um pouquinho de milho e água.

E o marido assim o fez.

Além disso, preparou um lugar bem confortável, com muita palha, para que ela se sentisse bem.

A galinha dos ovos de ouro

No dia seguinte, o camponês foi ao galinheiro bem cedinho. Queria ver se a galinha tinha botado algum ovo. Mas o que viu foi um brilho de ouro no meio da palha. Muito agitado, ele começou a gritar:

– É um ovo de ouro, é um ovo de ouro!

Ao ouvir aqueles gritos, a mulher e os sete filhos correram para o galinheiro. E ficaram boquiabertos, sem saber o que dizer.

Não havia dúvida, aquele ovo era de ouro. Mesmo que parecesse impossível, a galinha tinha botado o ovo e ele devia valer muito dinheiro no mercado.

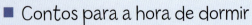
Contos para a hora de dormir

Finalmente a mulher disse ao marido:
— **Vá até a cidade e venda o ovo.** Com o dinheiro, compre carne, pão, vinho, peixes, azeite, queijo, frutas...

A lista era interminável.

41

■ Contos para a hora de dormir

Quando a mulher terminou, a filha mais velha disse:
- **Papai, eu quero um vestido florido bem bonito.**
- **Pois eu prefiro um cavalo de verdade** - pediu o filho mais velho.
- **Não se esqueça de trazer brinquedos e bonecas para mim** - disse a caçula.

E assim, cada um foi pedindo o que mais desejava.

Feliz da vida, o camponês amarrou seu cavalo magricelo a uma carroça e seguiu para a cidade.

A galinha dos ovos de ouro ■

Com o dinheiro que lhe deram pelo ovo de ouro, comprou tudo o que a mulher e os filhos haviam pedido e ainda sobraram muitas moedas.

Quando voltou para casa, todos saíram para recebê-lo.

Como eles estavam felizes!

Finalmente iam comer coisas gostosas. E as crianças poderiam se divertir com os brinquedos e presentes.

O filho mais velho montou em seu cavalo e foi dar uma volta nos arredores da granja. O animal parecia ser mansinho e dócil. As meninas pequenas não perderam tempo e começaram a brincar com a boneca e o cavalinho de madeira.

43

■ Contos para a hora de dormir

E a mais velha tratou de experimentar o vestido novo.

Apesar de a mulher não ter pedido nada, o marido comprou o vestido mais bonito da loja e a joia mais cara.

A família estava muito feliz, e só sabiam beijar e abraçar o camponês.

A galinha dos ovos de ouro

■ Contos para a hora de dormir

Naquela noite, o camponês e a mulher não pregaram o olho. Ficaram sonhando acordados.

E se a galinha continuasse pondo ovos de ouro todos os dias?

A galinha dos ovos de ouro

— **Se a galinha botar outro ovo, vamos guardar.** Assim, quando tivermos vários, poderemos construir uma casa nova — disse a mulher.

— **Boa ideia! Será a melhor casa do povoado** — comentou o marido.

— Se a galinha continuar botando mais e mais ovos, compraremos uma casa na cidade. Será a mais alta, a maior, a mais cara. **E colocaremos nossos filhos na escola** — anunciou a camponesa.

No dia seguinte, no outro e nos demais, a galinha seguiu botando ovos de ouro. **E, a cada dia, um ovo maior que o do dia anterior.**

■ Contos para a hora de dormir

E pode acreditar, aquele homem cuidava, alimentava e dava mais atenção à galinha que a qualquer um dos filhos.

Em pouco tempo, o camponês e sua família se tornaram as pessoas mais ricas da cidade e do país onde viviam. Tinham casas, terras, dinheiro, joias... **Não lhes faltava nada!**

Mas ele desejava mais. Queria ser o homem mais rico do mundo. Assim, um dia, pegou uma faca na cozinha e disse à sua mulher:

— **Vou matar essa galinha.** Tenho certeza de que dentro da barriga dela vou encontrar uma **mina de ouro**. E, com a mina, nossos filhos e netos nunca terão de trabalhar, nem os netos dos nossos netos.

48

A galinha dos ovos de ouro

– **Por favor, não mate nossa galinha!** – implorou a mulher. – Ela tem sido tão boa para nós, **ela não merece!**

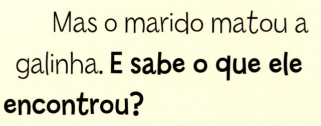

Mas o marido matou a galinha. **E sabe o que ele encontrou?**

Nada! Porque, por dentro, ela era como qualquer outra galinha de qualquer galinheiro. E para que isso nunca aconteça com você, não esqueça esta lição:

Quantos existem que, tendo o bastante, querem ficar mais ricos em um instante. Quantos também perdem o que tinham sem saber quão bem viviam.

O lobo e os sete cabritinhos

Mamãe cabra morava com seus sete cabritinhos numa linda casinha no bosque. Um dia, ela teve que sair para fazer compras e, por isso, reuniu todos eles e disse:

- Vocês vão ter que ficar sozinhos. **Cuidado com o lobo!** Ele é malvado e vive se disfarçando. **Vocês o reconhecerão pelas patas negras e a voz rouca.**

- Nós vamos ter muito cuidado - eles disseram.

Não demorou para o lobo aparecer e bater à porta:

- Abram, filhinhos! É a mamãe.

Os cabritinhos se olharam muito assustados enquanto o mais velho respondeu:

- Você é o lobo. Nossa mãe tem a voz doce e a sua é rouca. **Não vamos abrir!**

O lobo e os sete cabritinhos

O lobo decidiu comprar ovos para suavizar a voz. E engoliu uma dúzia de claras de uma vez só. Depois, voltou para a casa dos cabritinhos e disse:

– **Abram, é a mamãe. Estou trazendo muitos presentes para vocês!**

Mas eles responderam:

– **Mostre a sua pata por debaixo da porta!**

O lobo colocou a pata negra e os cabritinhos, assustados, gritaram em coro:

– **Nós não vamos abrir, você é o lobo!** A mamãe tem as patas brancas e as suas são negras.

- Contos para a hora de dormir

Mais que depressa, o lobo foi até a padaria e enfiou as negras patas em um saco de farinha para que elas ficassem bem branquinhas. Depois, voltou correndo para a casa dos cabritinhos:

– Abram, aqui é a mamãe!
– Se você quer que a gente abra, mostre sua patinha primeiro.

O lobo e os sete cabritinhos

O lobo colocou as patas embaixo da porta. Eram tão brancas e suaves que os cabritinhos acreditaram que era a mãe e abriram a porta.

Que susto levaram os pobrezinhos quando viram o lobo entrar! O lobo foi engolindo todos os cabritinhos, menos o mais novo, que se escondeu na caixa do relógio de parede.

Não demorou para a mamãe cabra voltar. Ao ver a porta aberta, **temeu pelo pior.**

Então, entrou correndo para procurar os filhos e começou a chamá-los aos gritos. Quando pronunciou o nome do cabritinho mais novo, ele respondeu do esconderijo.

– Mamãe, estou escondido na caixa do relógio!

▪ Contos para a hora de dormir

Ela abriu a portinha do relógio e deu um abraço bem apertado no filhinho.

- **Meu filho, o que aconteceu?**

O cabritinho contou o ocorrido e a mamãe cabra se pôs a chorar sem consolo. Porém, ela era valente e saiu bosque afora, com o filho, para procurar o lobo. E não demoraram a encontrá-lo.

O lobo e os sete cabritinhos

O lobo dormia como uma pedra e seu ronco era tão forte que fazia as árvores tremerem.

Quando a mamãe cabra percebeu que a barriga do lobo estava a ponto de arrebentar e que se movia de um lado para o outro, disse ao filho:

– **Veja, seus irmãos ainda estão vivos! Corra até a nossa casa e traga agulha, linha e tesoura.**

O cabritinho voltou num instante. A mamãe cabra então cortou a barriga do lobo com muito cuidado. **Um a um, todos os cabritinhos foram saindo.**

Contos para a hora de dormir

Então, a mãe ordenou:
— **Rápido, corram até o rio e tragam as maiores pedras que encontrarem.**

Os cabritinhos obedeceram e a mamãe cabra encheu de pedras a barriga do lobo. Em seguida, costurou a barriga dele cuidadosamente.

Quando o lobo acordou, sentiu uma sede monstruosa e foi para o rio beber água. Ao se aproximar da margem... zás! Caiu de cabeça no rio.

O lobo e os sete cabritinhos

O lobo sabia nadar, mas as pedras pesavam tanto que ele acabou afundando e não conseguiu mais sair.

Ali perto, a mamãe cabra e seus sete cabritinhos saltavam felizes por terem se livrado do lobo.

A Bela Adormecida

Há muito, muito tempo, existia um belo país governado por reis muito queridos por seu povo. Porém, eles não eram completamente felizes. A qualquer hora do dia, podia-se ouvi-los suspirar:

– Que felicidade seria se tivéssemos um filho!

◾ Contos para a hora de dormir

Em uma manhã, quando a rainha estava no banho, um sapo pulou da água e disse:

– **Em breve seu desejo será cumprido. Antes que o ano termine, você terá um filho.**

Passados alguns meses, nasceu uma menina e os reis se sentiram **os pais mais felizes do mundo.**

Uma grande quantidade de presentes chegou ao palácio, vindos de todas as partes do reino. O nascimento da princesa foi uma alegria tão grande que todos queriam comemorar.

A Bela Adormecida

 Em homenagem à recém-nascida, o rei e a rainha deram uma festa esplêndida para a qual **convidaram todo mundo,** até mesmo as treze fadas do reino. Bom, não as treze, porque não tinham mais que doze pratos de ouro e preferiram que uma delas ficasse em casa.

 Quando a festa já chegava ao fim, as fadas se apresentaram diante da menina para oferecer a ela seus dons. **Uma lhe concedeu a inteligência; outra, a beleza;** a terceira, a bondade... E assim foram desfilando uma a uma, até que chegou a vez da última.

■ Contos para a hora de dormir

Mas, quando ela ia falar, apareceu a fada que não tinha sido convidada e, muito nervosa, pronunciou estas palavras:

– Você terá tudo o que minhas irmãs lhe concederam, mas, aos quinze anos, você espetará o dedo em uma agulha e morrerá.

A Bela Adormecida

A fada que ainda não havia falado se aproximou da menina e disse:

– Embora não me seja permitido desfazer esse feitiço, posso reduzir seu efeito. **A princesa não morrerá, mas dormirá durante cem anos e acordará.**

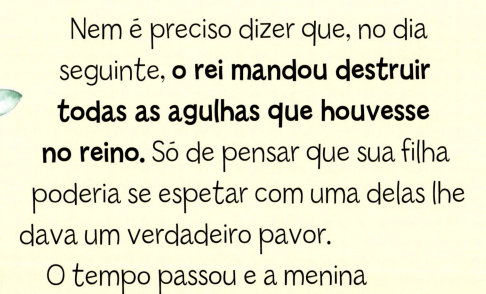

Nem é preciso dizer que, no dia seguinte, **o rei mandou destruir todas as agulhas que houvesse no reino.** Só de pensar que sua filha poderia se espetar com uma delas lhe dava um verdadeiro pavor.

O tempo passou e a menina cresceu. Era muito querida e admirada por todos.

■ Contos para a hora de dormir

Quando chegou o dia em que ela completava quinze anos, **ninguém se lembrava mais da maldição** da fada. Assim, os reis saíram para passear, e a princesa aproveitou para bisbilhotar todos os cantos do palácio. A primeira coisa que ela fez foi subir à torre, lugar em que havia sido proibida de ir.

Em um dos quartos, encontrou uma velhinha que fiava com uma roca, uma antiga máquina de fiar. Depois dos cumprimentos, perguntou:

– **O que a senhora está fazendo?**
– **Estou fiando. Quer que eu lhe ensine?**

A Bela Adormecida

– **Não há nada que eu queira mais!** – respondeu a princesa que, imediatamente, se sentou ao seu lado para aprender.

Como era uma menina inteligente, rapidamente entendeu como funcionava aquela máquina e se pôs a fiar.

Mas então espetou o dedo na agulha, e assim se cumpriu a terrível maldição.

■ Contos para a hora de dormir

A princesa adormeceu e, no mesmo instante, **todos os habitantes do reino caíram num sono muito profundo.**

A Bela Adormecida

Os reis, que acabavam de chegar, também dormiram. O mesmo aconteceu com os empregados do palácio. Nem os animais domésticos ou os animais selvagens se livraram desse estranho sono. **Em cada canto do palácio, todos estavam de olhos fechados, completamente adormecidos.**

O sono os pegou em meio às atividades que faziam naquele momento, e muitos não podiam nem se manter em pé e caíram ao chão.

Como todos dormiam, ninguém pôde se ocupar de cortar os galhos das plantas. Elas cresceram tanto que chegaram a ocultar o palácio. Ninguém que passasse por ali poderia imaginar o que a vegetação escondia.

■ Contos para a hora de dormir

Um belo dia, precisamente quando se cumpriam os cem anos do encanto, um jovem príncipe se aproximou daquele lugar lendário.

Eram tantas as histórias que ele tinha ouvido sobre a Bela Adormecida que, guiado pela curiosidade, decidiu entrar naquele lugar misterioso.

A golpes de espada, ele foi cortando os galhos que impediam a passagem.

A Bela Adormecida

Com muito esforço, o rapaz chegou ao palácio.
Os guardas da entrada pareciam estátuas.

A Bela Adormecida

Atravessou o imenso pátio de mármore e chegou ao salão real. Ali encontrou um grupo de damas e cavalheiros, que haviam sido surpreendidos pelo sono conversando com os reis. Continuou por salas, corredores e galerias, descobrindo sempre o mesmo espetáculo: **soldados, damas e criados dormindo um sono profundo.**

A Bela Adormecida ■

Subiu as longas escadas e abriu a porta. Era o quarto onde se fiava a lã.

Junto à roca de fiar e à agulha, uma formosíssima jovem dormia tranquilamente.

- É ela, sem dúvida é ela!

O príncipe se aproximou da jovem, pegou sua mão e a beijou. Imediatamente, a princesa abriu os olhos e sorriu para ele:

- Quem é você? O que aconteceu?

Sem perder um segundo, o príncipe contou quem era e como havia chegado até ali. Quando terminou de falar, os dois desceram a torre para procurar os pais da jovem.

75

■ Contos para a hora de dormir

Quando chegaram ao último degrau das escadas, todos os habitantes do reino e do palácio já haviam acordado do sono.

A princesa entrou no salão real e correu para abraçar seus pais.

Com infinita alegria, os soberanos abraçaram a filha. **Por fim, o terrível feitiço havia sido quebrado!**

Tudo voltou a ser como era antes. Os empregados voltaram às suas tarefas, os soldados montaram de novo a guarda em frente ao palácio, as damas voltaram aos seus afazeres... Havia uma grande agitação por todo o palácio, como se quisessem recuperar o tempo perdido.

Como era de se esperar, o príncipe pediu a mão da princesa em casamento, e ela aceitou.

Eles casaram e foram muito felizes juntos.

A Bela Adormecida

Houve uma grande festa no palácio que durou vários dias, com música e dança, deliciosos banquetes e, principalmente, **muita alegria.**

O gato de botas

Ao morrer, um pobre moendeiro deixou de herança para seus filhos um moinho, um burro e um gato. Ao mais velho, coube o moinho; ao segundo, o burro e; ao mais jovem, o gato.

Contos para a hora de dormir

O filho mais novo lamentava sua má sorte:
- Meus irmãos poderão, juntos, trabalhar e ganhar a vida com o moinho e o burro. E eu... **o que posso fazer com um gato?**

O animal, que estava ao seu lado, respondeu:
- **Não se preocupe, meu amo. Se me der um saco e um par de botas, farei você ficar rico.**

Como não tinha nada a perder, o jovem deu ao gato o que ele pedia. O gato calçou as botas e, com o saco no ombro, entrou no moinho para enchê-lo com cascas de trigo. Depois foi ao bosque, abriu o saco e deitou-se, como se estivesse morto, esperando que algum animal ingênuo se aproximasse para comer. Poucos minutos depois, um coelho entrou no saco... **e dali não voltou a sair.**

O gato de botas

Contente e satisfeito, o gato foi ao palácio e pediu para falar com o rei.

— **Majestade, este coelho que lhe entrego foi caçado para o senhor por meu amo, o marquês de Carabás.**

O gato, que acabava de inventar esse nobre título para o filho do moendeiro, esperou a resposta do rei:

— **Diga ao seu senhor que agradeço muito o presente.**

Durante os três meses seguintes, não houve dia em que o gato não levasse ao rei uma perdiz ou um coelho da parte de seu amo, o marquês de Carabás.

Contos para a hora de dormir

O gato ia tanto ao palácio que, uma manhã, se informou de que o rei e sua filha sairiam àquela tarde para passear pela margem do rio.

Assim, sem perder tempo, o gato disse a seu amo:

– Se você seguir meus conselhos, em breve será um homem rico. Você só precisa se banhar no rio e deixar que eu esconda a sua roupa.

O filho mais novo do moendeiro fez o que o gato pediu. Depois de um tempo, passou por ali a carruagem do rei e o gato começou a gritar com todas as suas forças:

O gato de botas

– Socorro, socorro! Meu amo, o marquês de Carabás, está se afogando!

O rei ouviu e mandou seus guardas socorrerem o rapaz. Enquanto tiravam o jovem da água, o gato se aproximou da carruagem:

– **Majestade, um ladrão roubou a roupa do meu amo.**

Ao ouvir isso, o rei ordenou a um criado que fosse ao palácio e trouxesse **um de seus melhores trajes** para o marquês de Carabás.

Vestido luxuosamente, o filho do moendeiro parecia um verdadeiro marquês. Além disso, era tão bonito, educado e carinhoso que **a filha do rei se apaixonou pelo rapaz.**

Contos para a hora de dormir

O marquês de Carabás aceitou dar um passeio na carruagem real com o rei e a jovem princesa. O gato, no entanto, saiu correndo para preparar o caminho para o seu amo. Ao passar por um campo de trigo, o gato se aproximou dos camponeses e gritou:

– Ei, boa gente! Se quiserem se livrar do ogro, seu senhor, terão que dizer a quem os pergunte que estes campos pertencem ao marquês de Carabás!

Quando o rei passou por ali, ordenou que a carruagem parasse e perguntou aos lavradores:

O gato de botas

— Poderiam me dizer **de quem** é este lindo campo de trigo?
Os camponeses, todos de uma vez, responderam:
— **Estas terras são propriedade do marquês de Carabás!**
O rei, então, olhou com muita simpatia para o marquês.

■ Contos para a hora de dormir

Ao longo do caminho, todos os camponeses diziam o mesmo, e o rei pensou que o marquês era muito rico.

Enquanto isso, o gato chegou ao castelo do ogro, que era na realidade o dono e senhor de todas aquelas terras, e lhe disse:

– **Sei que você tem o poder de se transformar em qualquer animal, até mesmo em um tão grande quanto um leão.**

O gato de botas

– **É isso mesmo** –
respondeu o ogro. – **E
para que veja com
seus próprios olhos, me
transformarei em um leão.**

O gato se assustou tanto
ao ver o leão que subiu no telhado.
Quando o ogro recuperou seu
aspecto habitual, o gato desceu.

– **Que medo eu fiquei!**
– exclamou e continuou falando.
– Também me disseram que você é capaz de se
transformar em animais tão pequenos quanto uma
ratazana ou um rato. Isso, na verdade, me parece
absolutamente impossível.

– **Impossível?** – gritou o ogro muito bravo.
– **Pois agora você vai ver!**

E então se transformou em um
ratinho. Quando o gato o viu,
lançou-se sobre ele e o
devorou.

■ Contos para a hora de dormir

Pouco depois, o gato ouviu que a carruagem real se aproximava. Com toda a pressa, saiu ao encontro dela e disse ao rei:

— Majestade, seja bem-vindo ao castelo do marquês de Carabás.

— Este castelo também é seu? — perguntou o rei, surpreso. — Nunca tinha visto nada igual.

O gato de botas ■

Os três entraram em um grande salão e comeram a comida que estava preparada para o ogro.

O rei estava encantado com aquele jovem marquês. Assim como a princesa, que não tirava os olhos dele.

A partir daquele dia, os dois jovens se viam com frequência e, pouco depois, se casaram.

Nunca faltou nada ao jovem moendeiro. **Não se esqueceu de agradecer ao gato,** que havia tornado possível sua fortuna.

O gato se tornou Grão-Senhor e, a partir de então, só caçava ratos quando se entediava.

O patinho feio

Era verão e o campo estava lindo com os trigais amarelinhos, os prados verdes e o céu azul. Perto do bosque havia uma granja e lá estava dona pata, chocando seus ovos. Ela estava aborrecida porque os patinhos estavam demorando para sair dos ovos e ninguém vinha visitá-la.

■ Contos para a hora de dormir

De repente, viu uma das cascas trincando.

- **Finalmente vão sair dos ovos!**

- **Piu, piu, piu!** - disseram os patinhos ao sair.

- **Quá, quá, quá!** - respondeu-lhes a mamãe pata, animando-os para que corressem sobre a grama.

- **Como o mundo é grande!** - disse um dos patinhos, que estava muito contente ao ver que agora tinha mais espaço do que dentro do ovo.

- Filho, isso é só a granja.

A mamãe pata se levantou e descobriu um ovo grande no meio do ninho.

- **Vejam, ainda resta um ovo!**
E como ele é grande e diferente!

O patinho feio

Então, passou por ali uma velha pata que disse:
- **Isso é ovo de peru!** Sei disso porque choquei um. E não havia jeito de ele entrar na água. Deixe-o aí e leve os patinhos para nadar.
- **Para mim, dá no mesmo esperar um pouco mais** – respondeu a pata. – **Vou terminar de chocá-lo.**
E a espera foi grande. Mas, finalmente, ele quebrou a casca do ovo.
- **Piu, piu, piu!**
A mamãe pata o olhou com estranhamento.

— **Como você é grande! Não se parece nada com os outros patinhos!** Será que você é um pato ou um peru? Quando formos para a água, eu vou descobrir.

E a mamãe pata levou seus patinhos para nadar no riacho.

— **Para a água, meus queridos!** — disse a eles.

Todos se atiraram no riacho e nadaram perfeitamente, inclusive o patinho enorme e feio.

— **Esse patinho também é meu filho!** — gritou a mamãe pata aos quatro ventos. — E não é tão feio quanto parece se o olharmos com carinho.

A mamãe pata foi guiando os patinhos pelo riacho, nadando à sua frente. Finalmente, saiu da água e esperou que os patinhos fizessem o mesmo.

— **Agora vamos para o curral** — disse a eles. — Quero apresentar vocês aos nossos vizinhos. Procurem ser educados e não saiam do meu lado.

O patinho feio

No caminho, encontraram uns patos adolescentes que, ao ver a pata com seus patinhos, não pararam de dar risada:

– **Só faltava essa! Saia daqui, pato!** – gritavam, apontando para o patinho feio.

Não contente com isso, um daqueles patos se aproximou do patinho feio e deu-lhe uma bicada.

– **Deixe-o em paz! Você não tem vergonha?** – gritou a pata.

Outra pata do curral também opinou:

– **A verdade é que você tem uns patinhos lindos, mas esse...** – disse, apontando para o patinho feio.

Contos para a hora de dormir

– É verdade que o patinho é grande. Mas, se o observarmos com atenção, veremos que ele é gracioso.

Tenho certeza de que, quando crescer, será o mais bonito de todos.

Naquela tarde, o pobre patinho teve que aguentar piadas, empurrões e bicadas. Até os pintinhos das galinhas zombavam dele.

A partir daí, as coisas foram de mal a pior. Até os irmãos lhe diziam:

– Peito largo, penas curtas! Penas curtas, peito largo!

Todos os habitantes da granja o maltratavam. Tanto sofria o pobre patinho que, um belo dia, resolveu ir embora.

O patinho feio ■

Triste e só, o patinho caminhou a tarde toda. Ao anoitecer, cansado e com fome, deitou-se na grama, junto à lagoa. De manhã, acordou com as vozes de dois patos selvagens:

– Você já tinha visto um pato feio desses? – perguntou um deles.

Os patos começaram a rir e saíram voando. Então, ouviram os disparos de uns caçadores.

O patinho, assustado, se escondeu no meio das plantas. Em pouco tempo, ouviu um latido às suas costas e se virou. Um cachorrão de aspecto feroz olhou para ele fixamente, fez cara de poucos amigos e foi embora.

- Sou tão feio que nem os cães se atrevem a me morder? - perguntava-se o patinho, sentindo-se pior do que nunca.

Quando os caçadores se afastaram da lagoa, o patinho recomeçou sua caminhada. No meio da tarde, viu uma casa entre as árvores. Como a porta estava aberta, entrou, se ajeitou em um canto e acabou pegando no sono.

Ao amanhecer, foi descoberto por um gato e uma galinha, que viviam com a dona daquela casa.

- Você sabe caçar ratos? - quis saber o gato.

- Não - respondeu o patinho feio.

O patinho feio

- **Sabe botar ovos?** - perguntou a galinha.
- **Também não** - ele respondeu.

- **Pois se você não serve para nada, nossa dona não vai querer que você more aqui** - disse a galinha.

O patinho, envergonhado por ser inútil, abaixou a cabeça e foi embora.

Quando o outono chegou, o pobre patinho continuava indo para lá e para cá. Com o inverno, veio a neve e o gelo. Um dia, quando o patinho feio nadava em uma lagoa, ficou preso entre pedaços de gelo. Morrendo de medo, começou a chorar.

Contos para a hora de dormir

Ainda bem que um camponês o viu e ficou com tanta pena dele que o tirou da água e o levou para casa. Ao vê-lo, sua mulher exclamou:

– Que lindo! Vou avisar as crianças que você trouxe um patinho para elas.

As crianças ficaram felizes e começaram a gritar e persegui-lo para brincar com ele.

Mas o patinho achava que eles queriam machucá-lo e começou a bater as asas, tentando escapar. Num desses voos, derrubou a jarra de leite. A mulher, muito brava, foi atrás dele com um pedaço de pau. Ainda bem que a porta de casa estava aberta! O patinho abriu as asas e não parou de voar até chegar ao bosque, onde se refugiou atrás de umas moitas.

E ali ficou até chegar a primavera. Uma tarde, o patinho foi voando até a lagoa de um parque.

O patinho feio

– Que lugar bonito! Árvores e muitas flores!

Também havia cisnes. O patinho ficou bobo quando os viu e não conseguiu dizer uma palavra. Ficou tão impressionado com a beleza das aves que decidiu ir ao encontro delas.

■ Contos para a hora de dormir

Enquanto se aproximava, dizia a si mesmo:
– Tenho certeza de que não vão gostar de mim, mas para mim tanto faz. Ninguém me impedirá de contemplar tanta beleza.

O patinho feio

De repente, baixou a cabeça e viu a própria imagem refletida nas águas cristalinas.

- É incrível! Este aí sou eu?

O que o patinho viu na água foi o belíssimo corpo de um cisne, esbelto e elegante. E esse cisne era... **ele!**

■ Contos para a hora de dormir

O patinho feio

Foi então que olhou para algumas crianças que gritavam da margem:

– Olha, olha! Tem um cisne novo ali e é o mais bonito de todos!

Estavam falando dele, sem dúvida. Assim que ele chegou mais perto, as crianças o acariciaram.

Pouco depois, os outros cisnes se aproximaram para saudá-lo. **O patinho feio finalmente se sentiu muito, muito feliz.**

Branca de Neve

Era uma vez uma rainha que, embora fosse feliz, não tinha o que mais desejava: uma filha. Um dia, quando bordava junto à janela de madeira de ébano, furou o dedo com a agulha. Como a janela estava aberta, o sangue manchou a neve que ali estava.

- **Queria tanto ter uma filha tão branca quanto a neve, com a pele corada como o sangue e os cabelos negros como o ébano** - disse a rainha.

■ Contos para a hora de dormir

Poucos meses depois, a rainha teve uma filha linda, tal como havia desejado, e deu a ela o nome de **Branca de Neve.**

Infelizmente, passados alguns dias, a mãe morreu. No ano seguinte, o rei voltou a se casar. Mas a mulher era muito orgulhosa e **tinha uma única preocupação na vida: ser a mulher mais bela do mundo. Não queria que ninguém superasse sua beleza.**

A madrasta de Branca de Neve tinha um espelho mágico. Ela o consultava todas as manhãs:

— **Espelho, espelho mágico, existe no mundo alguém mais bela do que eu?**

Branca de Neve

E o espelho respondia:
- **Não, minha rainha, você é a mais bela.**
Mas, a cada dia, Branca de Neve ficava mais bonita. Chegou um dia que sua beleza superava a da rainha.

Numa manhã de primavera, a madrasta se colocou diante do espelho e perguntou:
- **Espelho, espelho mágico. Existe alguém mais bela do que eu?**

- **Você já não é a mais bela, minha querida rainha. A mais bonita é Branca de Neve.**

Contos para a hora de dormir

A rainha, morta de inveja, ficou muito furiosa e quase destruiu o espelho mágico.

Desse momento em diante, o ódio cresceu tanto em seu coração que ela decidiu acabar com a vida de Branca de Neve. Chamou então um caçador e disse a ele:

– Faça com que Branca de Neve desapareça da minha vista. Leve-a para o bosque e mate-a. E para que eu possa ter certeza de que cumpriu minha ordem, quero que me traga os pulmões e o fígado dela.

Branca de Neve

O caçador obedeceu à rainha.

Quando chegaram no bosque, o caçador puxou o facão para matar a menina, que implorou, chorando:

— **Por favor, não me mate. Prometo nunca voltar ao palácio.**

Compadecido pelas lágrimas, **ele desistiu de matá-la e a deixou fugir.**

Depois, caçou um pequeno javali, tirou dele os pulmões e o fígado e os levou para a rainha, fingindo serem os órgãos da menina.

Ao se ver sozinha, Branca de Neve ficou com medo e começou a andar sem rumo. Andou durante horas e horas. Ao entardecer, **encontrou uma casa muito pequena.** Bateu à porta e chamou várias vezes, mas, como ninguém atendeu, decidiu entrar.

Lá dentro, tudo era pequenino. Sobre a mesa havia sete pratos de comida, sete facas, sete garfos e sete colheres. Branca de Neve, que estava morrendo de fome, comeu um pouquinho de cada prato e bebeu um gole de água de cada copinho.

Branca de Neve ■

Depois, como estava muito cansada, foi até o quarto e **se deitou sobre as sete caminhas que havia ali.**

Quando anoiteceu, os donos da casa voltaram. **Eram sete anõezinhos que trabalhavam nas minas, procurando ouro e diamantes.**

Ao acender suas sete lamparinas, perceberam que as coisas não estavam como eles tinham deixado.

113

■ Contos para a hora de dormir

O primeiro anãozinho exclamou:
— Alguém sentou na minha cadeirinha!

E o segundo disse:
— Os meus talheres estão desorganizados.

O terceiro perguntou:
— Onde está minha faquinha?

Branca de Neve

E o quarto também:
— Quem comeu no meu pratinho?

O quinto comentou:
— Alguém comeu metade do meu pãozinho.

O sexto disse:
— Beberam do meu copinho.

E o sétimo afirmou:
— Vejam! Meu garfo está sujo.

■ Contos para a hora de dormir

Por fim, o sétimo dos anõezinhos encontrou Branca de Neve deitada sobre as caminhas e avisou os companheiros. Os sete homenzinhos rodearam a menina e perguntaram:

– Quem será? Como ela chegou até aqui?

E, para não acordá-la, eles se ajeitaram como puderam para dormir aquela noite.

Na manhã seguinte, quando acordou, Branca de Neve levou um susto tremendo ao ver os sete anões. Eles tranquilizaram Branca de Neve, que lhes contou sua triste história.

Branca de Neve

Então, um dos anõezinhos perguntou:
- **Você gostaria de ficar aqui?**
- Bem, não sei... - ela respondeu.

- Se quiser ficar, poderia nos ajudar a limpar a casa e preparar o nosso jantar para quando voltarmos da mina. **Em troca, nunca lhe faltará nada, e aqui você estará segura.**

Branca de Neve aceitou a oferta e, assim, começou para ela uma nova vida. Todos eram felizes. De vez em quando, os anõezinhos recomendavam:

- Sua madrasta pode estar procurando você. Então, por favor, **tome cuidado e não abra a porta para ninguém.**

Contos para a hora de dormir

Passado algum tempo, a rainha consultou novamente o seu espelho:

– Espelho, espelho mágico, existe no mundo alguém mais bela do que eu?

E o espelho respondeu:

– Na verdade, minha rainha, aqui você é a mais bela, **mas Branca de Neve, que vive no bosque com os anõezinhos, é muito mais bonita.**

Nesse momento, a rainha se deu conta de que o caçador a enganara e que Branca de Neve ainda estava viva. Então pensou em um novo plano para se livrar da menina.

Disfarçou-se de vendedora ambulante. Juntou fitas, rendas e botões, colocando tudo numa caixa de madeira, que pendurou no pescoço com um cinto.

118

Branca de Neve

Rapidamente, a malvada madrasta se dirigiu à casinha do bosque e começou a anunciar:

– Quem quer comprar barato? Tenho fitas, botões, rendas...

Branca de Neve se aproximou da janela e viu uma velhinha tão amável e bondosa que abriu a porta para ela.

■ Contos para a hora de dormir

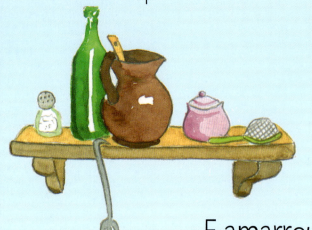

— **Que menina linda!** — exclamou a vendedora. — Deixe-me enfeitá-la com as fitas mais lindas da minha caixa.

E amarrou as fitas com tanta força que a menina ficou sem ar e caiu desmaiada.

— **Você já não é a mais bonita!** — exclamou a malvada mulher.

Ao entardecer, os anõezinhos voltaram para casa e tomaram um grande susto ao ver a menina caída no chão. **Pensaram que ela tinha morrido.** Mas, quando viram as fitas que apertavam seu peito, eles as arrancaram, e Branca de Neve começou a respirar melhor, **recobrando a consciência aos poucos.**

Quando ela contou o que tinha acontecido, os anões a repreenderam:

– Você não pode ser tão ingênua. A velhinha era a sua madrasta. Por favor, não abra mais a porta para ninguém.

Ao voltar para casa, a malvada rainha perguntou ao espelho:

– Espelho, espelho mágico, existe no mundo alguém mais bela do que eu?

E o espelho respondeu:

– Você foi a mais bela, mas não é mais. Branca de Neve é a mais formosa.

A rainha ficou furiosa ao ver que Branca de Neve continuava viva e pensou numa outra forma de matá-la. Procurou um pente, envenenou-o e novamente se disfarçou de velhinha. Quando chegou à casa dos anões, começou a anunciar:

– Pentes e presilhas para enfeitar os cabelos!

A menina se aproximou da janela, mas não abriu.

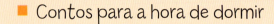

No fim, Branca de Neve deixou que a velhinha entrasse e colocasse o pente em seus cabelos. O veneno entrou pela pele e a menina caiu no chão.

– Finalmente consegui! – exclamou a rainha.

Por sorte, naquela tarde os anõezinhos voltaram do trabalho mais cedo e, assim que viram o pente, retiraram-no com muito cuidado. Logo, Branca de Neve voltou a si.

De volta ao palácio, a rainha consultou o espelho e, ao descobrir que Branca de Neve continuava viva, teve um ataque de fúria. Procurou a maçã mais apetitosa e a envenenou. No dia seguinte, se disfarçou de camponesa e seguiu outra vez para a casa dos anõezinhos.

122

Branca de Neve

— **Vendo deliciosas maçãs!** — anunciou ela.

Branca de Neve, de dentro de casa, respondeu:

— **Senhora, não posso abrir a porta para desconhecidos, sinto muito.**

— Está certo. E porque você é uma menina muito boazinha e obediente, vou lhe dar uma saborosa maçã de presente. Ela não está envenenada, viu?

Então, partiu a maçã em dois pedaços, um para ela mesma e outro para Branca de Neve. Ao entregar a parte da menina, disse:

— **Você come essa metade mais vermelhinha e eu como a parte mais branquinha.**

Quando Branca de Neve viu que a camponesa estava comendo, também levou a maçã à boca, mas, assim que a mordeu, caiu morta no chão.

— **Desta vez ninguém poderá salvar você!** — disse a madrasta, enquanto se afastava às gargalhadas.

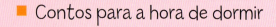

Contos para a hora de dormir

Quando chegou ao palácio, a primeira coisa que a malvada fez foi colocar-se à frente do espelho:

– **Espelho, espelho mágico, existe no mundo alguém mais bela do que eu?**

E o espelho respondeu:

– **Minha rainha é a mais bela.**

Enquanto isso acontecia no palácio, os anõezinhos tentavam reanimar Branca de Neve inutilmente.

Quando perceberam que ela estava morta, colocaram seu corpo em um caixão de cristal. Em um dos lados, escreveram com letras douradas: **"Aqui jaz a bela Branca de Neve, filha do rei".**

Cheios de dor, os sete anõezinhos choraram amargamente por terem perdido sua querida amiga. Não havia consolo para nenhum deles.

Colheram as flores que Branca de Neve mais gostava e fizeram um lindo arranjo, que colocaram em suas mãos, e uma grande coroa para colocar aos pés do caixão de cristal.

Depois, levaram o ataúde até uma montanha e o colocaram dentro de uma gruta. Ali permaneceram recordando os momentos felizes que viveram com Branca de Neve.

Ao anoitecer, os anõezinhos se despediram da menina e voltaram para casa. Mas um deles resolveu ficar, **pois decidiu não abandonar Branca de Neve nem de noite nem de dia.**

Contos para a hora de dormir

No dia seguinte, entrou na gruta um lindo príncipe em busca de sombra. Era domingo e os anões tinham ido levar flores para Branca de Neve.

Ao ver a menina, o príncipe se deslumbrou diante de tanta beleza e pediu para os anõezinhos contarem sua história. Quando terminaram, ele disse:

– Quero levar Branca de Neve para o meu palácio.

– Senhor, isso é impossível – disse o anão mais velho. – **Prometemos não abandoná-la jamais.**

Branca de Neve

– Eu tampouco a abandonarei! Prometo a vocês que estarei com ela todos os dias da minha vida.

Os sete anões ficaram comovidos e permitiram que o príncipe levasse Branca de Neve. No caminho, um dos criados que carregavam o ataúde tropeçou em uma pedra. A batida foi tão forte que fez sair da boca de Branca de Neve o pedaço de maçã envenenada. Ela acordou imediatamente.

– O que aconteceu? Onde estou? – perguntou, confusa.

■ Contos para a hora de dormir

O príncipe, louco de alegria, se aproximou dela e, ajudando-a a se levantar, disse:

— **Venha comigo para o meu reino! Estou apaixonado por você e quero que seja minha esposa.**

Branca de Neve, ao ver o lindo príncipe, apaixonou-se por ele e aceitou o pedido de casamento.

Eles se casaram poucos dias depois. A princesa estava tão linda que causou admiração em todos os empregados, que saíam para vê-la.

Branca de Neve

A madrasta de Branca de Neve foi convidada para a festa e vestiu seu vestido mais luxuoso.

Que surpresa ela teve quando descobriu que a noiva era Branca de Neve!

Cheia de ódio e inveja, a malvada rainha saiu correndo do palácio. E foi embora para tão longe, tão longe, que, **desde então, nunca mais foi vista.**

João e Maria

Um lenhador vivia no bosque com sua mulher e seus dois filhos. O menino se chamava João e a menina, Maria. Eles eram tão pobres, tão pobres, que não tinham sequer pão duro para comer. Uma noite, o lenhador disse à mulher, que era a madrasta das crianças:

– O que será de nós? Não temos o que comer.

A mulher respondeu:

– Amanhã, quando formos pegar lenha, podemos abandonar as crianças perto do palácio do rei.

■ Contos para a hora de dormir

– **Jamais faria isso!** Percebe-se que você não é a mãe deles! – exclamou o pobre lenhador.

– **Se não fizermos isso, todos nós morreremos de fome.** Lá alguma pessoa boa poderá abrigá-los e os salvará.

A mulher insistiu tanto que acabou convencendo o lenhador. As crianças, que não conseguiam dormir porque seus estômagos estavam vazios, **ouviram a conversa.**

– **João, estamos perdidos!** – exclamou a garotinha.

– **Não chore, Maria. Sei o que fazer.**

O menino levantou-se da cama e saiu de casa. À luz da lua, as pedrinhas do chão brilhavam como prata. João encheu os bolsos e voltou para casa.

João e Maria

– Essas pedrinhas salvarão nossas vidas – disse João à sua irmã.

Quando amanheceu, a mulher acordou as duas crianças. Depois de se vestirem, as crianças foram à cozinha. A madrasta lhes deu dois pedaços grandes de pão e disse a eles:

– Não os comam de uma vez. É a única comida que terão para todo o dia.

João, que estava com os bolsos cheios de pedras, deu seu pedaço de pão à irmã para que o guardasse. Depois, os quatro foram ao bosque. João ia marcando o caminho com as pedrinhas brancas.

Quando chegaram ao meio do bosque, a mulher disse:
- Crianças, fiquem aqui pegando a lenha. Quando anoitecer, viremos buscá-los.

As crianças, que eram muito obedientes, fizeram tudo o que a madrasta lhes ordenou. Porém, a noite chegou e ninguém retornou para buscá-los. Maria começou a chorar.

- Acalme-se, Maria! Quando a lua surgir no céu, iremos para casa.

A lua apareceu e iluminou o bosque. Então, João segurou a mão de Maria e seguiu o rastro das pedras brancas que havia jogado de manhã pelo caminho.

João e Maria

Ao amanhecer, os irmãos chegaram à casa. A madrasta fingiu se alegrar ao vê-los. O pai, entretanto, se alegrou de verdade e deu comida para os dois.

- **Comam, devem estar famintos.**

Os dias foram passando e a comida acabou. Certa noite, eles ouviram novamente a madrasta dizer ao lenhador:

- **Não temos nada para comer e nem um centavo para gastar. Seus filhos precisam sair de casa ou morreremos todos.**

João se levantou então para buscar mais pedrinhas, mas a porta de casa estava fechada. Ao ver que seu irmão voltara de mãos vazias, **Maria começou a chorar.**

■ Contos para a hora de dormir

— Não tenha medo, irmãzinha. Tenho certeza de que encontraremos uma solução.

Na manhã seguinte, a caminho do bosque, João foi jogando no chão migalhas do pão que a madrasta havia dado a ele.

Quando chegaram ao local mais distante do bosque, seus pais os deixaram sozinhos.

As crianças pegaram lenha durante toda a manhã. Ao meio-dia, dividiram um pedacinho de pão. Quando anoiteceu, ninguém foi buscá-los, assim como eles temiam.

— Não se preocupe, irmãzinha — João disse. **— As migalhas que joguei no chão nos mostrarão o caminho.**

Mas João não encontrou nenhuma migalha — os passarinhos haviam comido tudo.

João e Maria

- Encontraremos o caminho. Tenho certeza! - ele afirmou.

Apesar de caminharem a noite toda, as crianças não conseguiram sair do bosque. Famintos e cansados, deitaram-se na grama e dormiram. Ao acordarem, comeram frutas silvestres e voltaram a procurar o caminho de volta para casa.

Era meio-dia quando Maria avistou de longe uma casa. Apressaram o passo e, em poucos minutos, estavam diante dela. Que casa! As paredes eram feitas de bolo; as janelas, de açúcar; e o telhado, de chocolate.

137

■ Contos para a hora de dormir

    João arrancou um pedaço do chocolate do telhado e o dividiu com sua irmã.

    De repente, ouviram uma voz vinda de dentro da casa:

    – Quem está comendo o chocolate do meu telhado?

    Em seguida, a porta foi aberta e apareceu uma mulher muito velha e meio cega. As crianças se assustaram tanto que deixaram cair o chocolate que tinham nas mãos. Porém, a velha sorriu e disse:

    – Não tenham medo! Entrem, minhas crianças, não farei mal algum.

    As crianças se acalmaram, entraram na casa e comeram como jamais haviam comido na vida.

João e Maria

Aquela velhinha amável era, na verdade, **uma bruxa malvada que havia feito uma casa de doces para atrair crianças e depois comê-las.**

João e Maria foram dormir e, na manhã seguinte, a bruxa trancou o garoto no celeiro. Em seguida, mandou Maria preparar o almoço e dar a comida para João, para engordá-lo antes que ela pudesse comê-lo.

Maria teve que obedecê-la, não só nesse dia, mas todos os dias. Todas as manhãs, a bruxa dizia a João:

– Garoto, coloque um dedo para fora das grades. Quero ver se você está engordando.

Porém, João, que sabia que a bruxa estava meio cega, colocava sempre um ossinho de frango.

– Este menino está tão magro como no primeiro dia!

■ Contos para a hora de dormir

Cansada de esperar que ele engordasse, a bruxa decidiu comer João no dia seguinte.

Quando amanheceu, a bruxa acordou Maria. A velha já havia acendido o forno.

- **Coloque mais lenha no forno** - ordenou a Maria.

A menina, que tinha adivinhado os planos da bruxa, respondeu que era muito pequena para fazer isso.

- **Tonta!** - gritava a bruxa. - **Venha cá e olhe bem como se faz.**

A velha se abaixou e colocou a cabeça no forno.

João e Maria

Então, Maria aproveitou a ocasião e **empurrou a bruxa para dentro do forno.** Em seguida, fechou a porta e a trancou.

Depois, correu ao celeiro para soltar seu irmão.

- João, estamos salvos!

Salvos!

O menino saiu do celeiro e os dois irmãos se abraçaram. Dando saltos de felicidade, entraram na casa da bruxa e começaram a revirar seus armários.

- **João** - exclamou Maria -, **venha cá! Esta gaveta está cheia de pedras preciosas.**

■ Contos para a hora de dormir

    Havia tantos diamantes e esmeraldas que puderam encher todos os bolsos de suas roupas. Depois, partiram para o bosque para voltar para casa.

    Andavam havia muito tempo, quando encontraram um rio bem no meio do caminho.

    – Não podemos cruzá-lo, Maria. Teremos que dar a volta.

    – Nem pensar! Não quero voltar ao bosque da bruxa. Prefiro atravessar o rio em cima deste pato – disse Maria, apontando para um pato que estava nadando.

    – Patinho! Poderia nos levar até o outro lado do rio?

    E o patinho assim o fez.

João e Maria

Pouco tempo depois, avistaram a casa e seu pai.
- **Papai, papai, papai!**
O pobre lenhador se alegrou muito, pois, desde que abandonara seus filhos, não houve um só dia que não tivesse se arrependido de ter escutado os maus conselhos de sua mulher, que havia morrido há uma semana.
Os três se abraçaram e choraram de alegria.
Nunca mais faltou felicidade e comida naquela casa. Graças àquelas pedras preciosas, eles ficaram muito, muito ricos.